12

Ana cultiva manzanas

Apple Farmer Annie

·Ana cultiva manzanas·

Apple Farmer Annie

POR MONICA WELLINGTON

Dutton Children's Books · New York

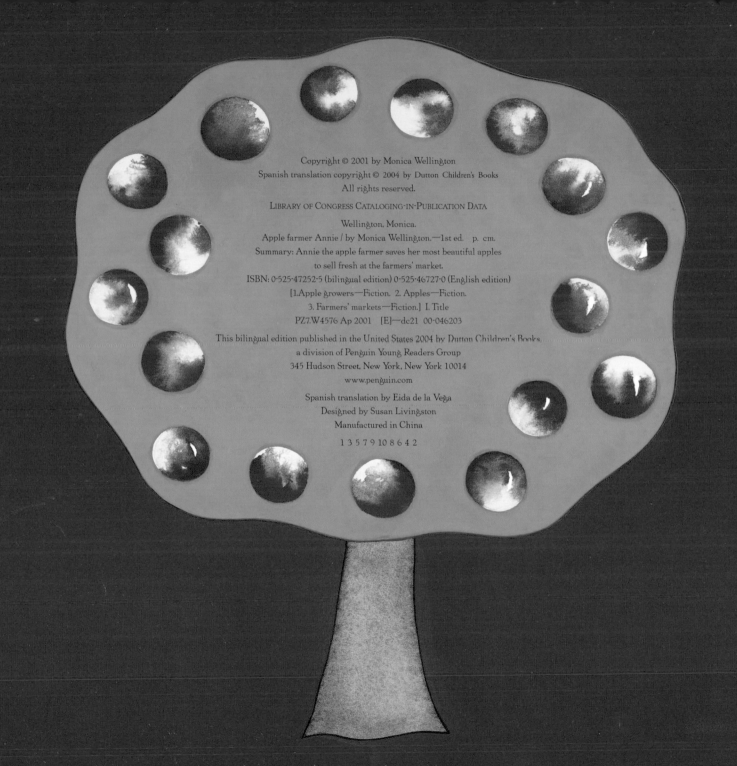

LIBRARY OF CONGRESS CATALOGING-IN-PUBLICATION DATA

Wellington, Monica.
Apple farmer Annie / by Monica Wellington.—1st ed.   p. cm.
Summary: Annie the apple farmer saves her most beautiful apples
to sell fresh at the farmers' market.
ISBN: 0-525-47252-5 (bilingual edition) 0-525-46727-0 (English edition)
[1.Apple growers—Fiction. 2. Apples—Fiction.
3. Farmers' markets—Fiction.] I. Title
PZ7.W4576 Ap 2001   [E]—dc21 00-046203

This bilingual edition published in the United States 2004 by Dutton Children's Books,
a division of Penguin Young Readers Group
345 Hudson Street, New York, New York 10014
www.penguin.com

Spanish translation by Eida de la Vega
Designed by Susan Livingston
Manufactured in China

1 3 5 7 9 10 8 6 4 2

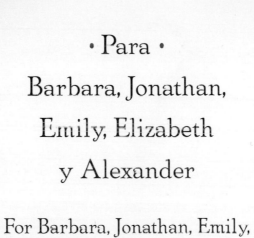

· Para ·

Barbara, Jonathan,

Emily, Elizabeth

y Alexander

For Barbara, Jonathan, Emily,
Elizabeth, and Alexander

Ana cultiva manzanas.
Tiene un huerto grande
lleno de manzanos.

Annie is an apple farmer. She has a big
orchard of apple trees.

Durante el otoño, recoge cestas y cestas de manzanas redondas y maduras.

In the fall, she picks baskets and baskets of round, ripe apples.

Ana cultiva muchas
clases de manzanas.
Las separa y las organiza.

She grows many kinds of apples.
She sorts and organizes them.

Ana usa algunas manzanas para hacer dulce sidra de manzana.

Annie uses some of the apples to make sweet apple cider.

Usa otras para preparar una deliciosa compota de manzana.

She uses others to make delicious smooth applesauce.

Le encanta hornear panecillos dulces, tartas y pasteles con las manzanas.

She loves baking muffins, cakes, and pies with her apples.

Pero guarda las más
hermosas para
venderlas en
el mercado.

But she saves the most beautiful
ones of all to sell fresh at the market.

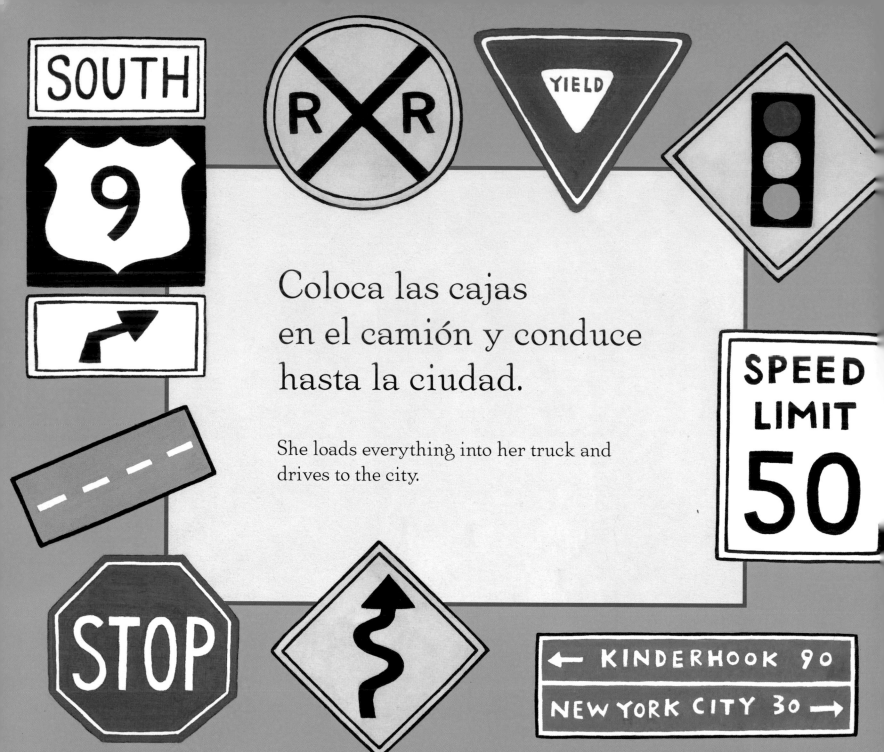

Coloca las cajas
en el camión y conduce
hasta la ciudad.

She loads everything into her truck and
drives to the city.

Ana monta su puesto en el mercado de los granjeros.

Annie the apple farmer sets up her stand in the farmers' market.

Muchos clientes
visitan el puesto
de Ana. Ella está
ocupada todo el día.

Lots of customers come to Annie's
stand. She is busy all day long.

5 o'clock
CLOSING
TIME

Al final del día,
lo ha vendido todo.
Recoge las cosas
para regresar a casa.

By the end of the day, she has sold
everything. She packs up to go home.

Ana está cansada pero contenta. Es tan agradable tener un huerto de manzanas.

Annie is tired but happy. It feels so good to have her own apple farm.

MY APPLE RECIPES

The BIG APPLE

Apple Varieties:
Baldwin
Cortland
Delicious
Empire
Granny Smith
Jonathan

Macoun
McIntosh
Northern Spy
Rome Beauty
An apple a day, keeps the doctor away.

Palabras en el arte
Words in the art

Annie's Apples — Las manzanas de Ana
Apple Cider 1 pint — Sidra de manzana 1 pinta
Apple Cider 1 quart — Sidra de manzana 1 cuarto de galón
Applesauce — Compota de manzana
Sugar — Azúcar
Butter — Mantequilla
Flour — Harina
Salt — Sal
Baking Soda — Polvo de hornear
South — Sur
Stop — Pare
Yield — Ceda el paso
Speed Limit — Límite de velocidad
Kinderhook — Aldea infantil
New York City — Ciudad de Nueva York
McIntosh Apples — Manzanas McIntosh
Dried Apples — Manzanas secas

Apple Pies — Pasteles de manzana
Applesauce Cake — Tarta de manzana
Muffins — Panecillos dulces
Candied Apples — Manzanas acarameladas
Red Delicious Apples — Manzanas rojas
Rome Beauty — Rome Beauty
5 o'clock Closing Time — Cerramos a las cinco
The Big Apple — La Gran Manzana
My Apple Recipes — Mis recetas con manzanas
Apple Varieties — Variedades de manzanas
An apple a day keeps the doctor away — Una manzana cada día, el médico te evitaría
Cinnamon — Canela
Milk — Leche

Panecillos dulces de manzana

2 taza de azúcar
4 taza de mantequilla
   huevo
   taza de leche
   tazas de harina
$^1/_2$ cucharadita de sal
   cucharaditas de polvo de
   hornear
   cucharadita de canela

$^1/_2$ cucharadita de pimienta
   inglesa
$^1/_2$ cucharadita de nuez
   moscada (opcional)
1 $^1/_2$ taza de manzanas
   peladas y cortadas

Remate

$^1/_4$ taza de azúcar morena
1 cucharadita de canela

Mezcla el azúcar y la mantequilla. Añade el huevo y bate todo bien. Luego, añade la leche. En otro bol, mezcla la harina, la sal, el polvo de hornear y las especias. Añade la mezcla de huevo a la de harina y mézclala hasta que quede húmeda. (La mezcla quedará grumosa.) Añade las manzanas a la masa y mézclala con cuidado. Engrasa bien los moldes de hojalata y vierte la mezcla. Espolvoréala con azúcar y canela. Hornéala a 400° F durante 20-25 minutos, hasta que adquiera un color dorado marrón. Tendrás una docena de panecillos dulces.

Compota de manzana

4 manzanas medianas
$^1/_2$ taza de agua
$^1/_2$ taza de azúcar
   (aproximadamente)

$^1/_2$ cucharadita de
   canela

Lava las manzanas, pélalas, quítales el corazón y córtalas en pedazos. Calienta las manzanas en el agua y cuando rompa el hervor, reduce el fuego. Cubre el recipiente y cocínalas lentamente hasta que estén blandas y suaves. Añade azúcar al gusto (alrededor de $^1/_2$ de taza). Continúa cocinándolas hasta que el azúcar se disuelva. Para añadir más sabor, añade $^1/_2$ cucharadita de canela. Para que la compota quede más fina, cuela la mezcla a través de un colador o tamiz.

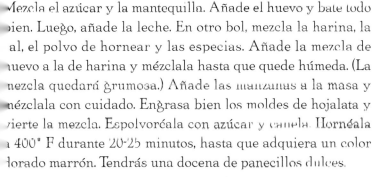

Explorar los recursos del planeta

Usar las plantas

Sharon Katz Cooper

Heinemann Library
Chicago, Illinois

Translation into Spanish produced by DoubleO Publishing Services
Designed by Michelle Lisseter
Printed and bound in China, by South China Printing Company

11 10 09 08 07
10 9 8 7 6 5 4 3 2 1

Library of Congress Cataloging-in-Publication Data

Katz Cooper, Sharon.
  [Using plants. Spanish]
  Usar las plantas.
     p. cm. -- (Explorar los recursos del planeta)
  ISBN 1-4329-0241-5 (hb - library binding) -- ISBN 1-4329-0249-0 (pb)
  1. Plants--Juvenile literature. I. Title.
  QK49.K1818 2007
  580--dc22
                                     2007009821

Acknowledgments
The publishers would like to thank the following for permission to reproduce photographs:
Action Plus p. 17 (Glyn Kirk); Alamy pp. 14 (Visions of America, LLC), 15 (Tom Tracy
Photography); Anthony Blake Photo Library p. 13; Corbis pp. 5 (Matt Brown), 7 (Louie
Psihovos), 8 (Zefa/Theo Allofs), 12, 13 (Nik Wheeler), 17, 18 (Walter Hodges); Eye Ubiquitous
p. 16; GeoScience Features Picture Library p. 9; Getty Images pp. 4 (Jan Tove Johansson),
21 (Stone/John Humble); Harcourt Education LTD p. 22 (Tudor Photography); Masterfile pp.
11 (Peter Christopher), 20 (Lloyd Sutton); Photolibrary pp. 6 (Frithjof Skibbe), 10 (Botanica);
Science Photo Library pp. 17 bottom left (Pat & Tom Leeson), 17 bottom right (Will & Deni
Mcintyre); Science Photo Library p. 19 (Philippe Psaila).

Cover photograph reproduced with permission of Corbis.

Every effort has been made to contact copyright holders of any material reproduced in
this book. Any omissions will be rectified in subsequent printings if notice is given to the
publishers.

Contenido

Algunas palabras aparecen en negrita, **como éstas**. Las encontrarás en el glosario que aparece en la página 23.

¿Qué son las plantas?

Las plantas son seres vivos.

Usan la luz del sol para producir
su propio alimento.

Las plantas son **recursos naturales**.

Los recursos naturales vienen
de la Tierra.

¿Tienen todas las plantas el mismo aspecto?

Hay muchos tipos de plantas diferentes.

Algunas plantas tienen flores coloridas.

Algunas plantas crecen rápidamente
y otras crecen lentamente.

Algunas plantas son diminutas, como las
violetas. Algunas plantas son enormes,
como los árboles.

La mayoría de las plantas crecen
en la tierra.

Algunas plantas viven en aguas
poco profundas.

Hay plantas que crecen sobre
otras plantas.

¿Qué necesitan las plantas para crecer?

Todas las plantas necesitan agua y luz.

Algunas plantas necesitan mucho sol.
Otras crecen mejor en la sombra.

La mayoría de las plantas necesitan
tierra para crecer.

Todas las plantas necesitan **dióxido
de carbono** del aire.

¿Cómo usamos las plantas?

Nos comemos algunas plantas.

Los granjeros cultivan muchos tipos diferentes de frutas y verduras.

canela

Las especias vienen de las plantas.

Usamos las especias para cocinar.
Esta especia se llama canela.

13

Usamos las plantas para hacer muebles y construir casas.

Los trabajadores talan árboles para cortarlos en tablones de madera.

14

papel

Usamos la madera de los árboles
para hacer papel.

También usamos la madera de los árboles
como combustible.

Muchas personas queman madera para
hacer fuego, calentarse y cocinar.

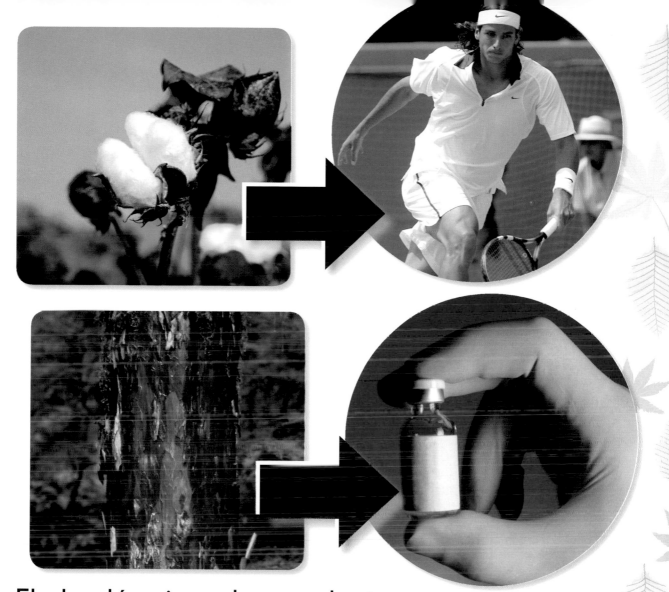

El algodón viene de una planta.
Usamos el algodón para hacer ropa.

También usamos plantas para
hacer muchas **medicinas**.

17

¿Quién estudia las plantas?

Los **ingenieros forestales** son los científicos que estudian los bosques.

Ellos deciden qué árboles podemos talar sin agotarlos todos.

18

Otros científicos que estudian las plantas
ayudan a los granjeros a conseguir
cosechas sanas.

19

¿Nos quedaremos sin plantas?

Las plantas normalmente crecen de nuevo. Son **renovables**.

Pero si usamos las plantas demasiado rápido, puede que las agotemos antes de que puedan crecer de nuevo.

Para usar las plantas más lentamente, podemos **reciclar** papel.

Podemos encontrar nuevos usos para la madera vieja.

Prueba de plantas

Echa un vistazo por tu casa o por el salón de clases. ¿Puedes encontrar diez cosas que estén hechas de plantas?

Glosario

 **dióxido de carbono** gas que las plantas necesitan para respirar

 **ingeniero forestal** científico que estudia los bosques

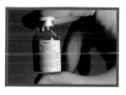 **medicina** algo que ayuda a las personas cuando están enfermas para que puedan mejorarse

 **recurso natural** material de la Tierra que podemos usar

 **reciclar** reutilizar algo que ya ha sido usado

 **renovable** algo que no se agotará

23

Índice